FAINT-Ó, A PHIACHRA!

© Cló Mhaigh Eo 2011
Teacs © Art Ó Súilleabháin
Léaráidí © Olivia Golden

ISBN: 978-1-899922-79-6

Foilsithe ag Cló Mhaigh Eo,
Clár Chlainne Mhuiris,
Co. Mhaigh Eo, Éire.
www.leabhar.com
Fón/Faics: 094-9371744 / 086-8859407

Dearadh: raydesign, Gaillimh. raydes@iol.ie
Clóbhuáilte in Éirinn ag Clódóirí Lurgan,
Indreabhán, Co. na Gaillimhe

Aithníonn Cló Mhaigh Eo cabhair
Fhoras na Gaeilge i bhfoilsiú an leabhair seo

Foras na Gaeilge

FAINIC, A FHIÁCHRA!

Le Art Ó Súilleabháin • Maisithe ag Olivia Golden

Do mo bhuachaillí uilig - Eoin, Cian, Darach agus
Art óg - ach go háirithe do mo mhac Fiachra,
an duine is mó a bhíonn timpistí aige ach a thagann
astu ar bhealach éigin.

Bhí Fiachra ina chónaí lena Dhaid agus lena Mham.
Seacht mbliana d'aois a bhí sé
agus bhí deartháir amháin aige.

Fionn an t-ainm a bhí air
agus bhí sé níos óige ná Fiachra.

Bhí beirt dheirfiúr ag Fiachra freisin, Róisín agus Síog.

Bhí siadsan níos sine ná Fiachra.

Bhí coileán álainn ag an gclann freisin.

Oscar an t-ainm a bhí air.

Bhí teachín beag ag Oscar sa ghairdín ar chúl an tí.

Bhí an teach féin lán de bhréagáin mar go raibh páistí ann.
Uaireanta bhídís caite i ngach áit... na bréagáin dar ndóigh,
ní na páistí!

Lá amháin, bhí Fiachra ag dul suas an staighre.

Ní fhaca sé an leoraí beag ar an dara céim.

'Fainic, a Fhiachra – fainic!' a bhéic Róisín.

Ach bhí sí ró-mhall.

Sciorr Fiachra bocht ar an leoraí agus thit sé.

Thosaigh sé ag caoineadh.

Tháinig Mamaí agus rug sí barróg air.

Ní raibh Fiachra gortaithe go dona.

12

Cúpla lá ina dhiaidh sin, shiúil Fiachra isteach sa seomra suite.

Ní raibh aird ar bith aige cá raibh sé ag siúl.

Bhí liathróid ar an urlár os a chomhair amach.

'Fainic, a Fhiachra – fainic!' a bhéic Fionn.

Ach bhí sé ró-mhall.

Fiachra bocht! Thit sé ar mhullach a chinn.

Ba mhaith an rud é go raibh piliúr ar an urlár faoi.
Thit sé ar an bpiliúr deas bog agus níor gortaíodh é
ar chor ar bith!

Lá eile fós bhí Fiacha ag rith thart sa ghairdín cúil.
Bhuail sé cic ar an liathróid. Phreab Oscar agus rith sé
leis i ndiaidh na liathróide.

'Fainic, a Fhiachra!' a scread Daid. Ach bhí se ró-mhall.

Bhuail Fiachra agus Oscar faoina chéile.

Thit an bheirt acu i mullach a chéile ar an bhféar.

Bhí Fiachra ar tí caoineadh.

Ach cheap Oscar go mba mhór an spórt é agus Fiachra á lí
aige ar a dhícheall.

Bhí Fiachra ag gáire in ard a chinn agus é ag cuimilt Oscar.

Bhí rothar ag Fiachra freisin.

Ba bhreá leis a bheith ag rothaíocht.

Maidin amháin bhí sé ag imeacht leis síos an bóthar.

Ní fhaca sé an poll os a chomhair.

'Fainic, a Fhiachra!' a scairt a Mham.

Ach bhí sí ró-mhall.

Isteach leis an rothar sa pholl agus chríochnaigh Fiachra bocht ina staic ar an mbóthar. Bhí a ghlúin ag cur fola. Chuir Mam bindealán mór air.

Tar éis tamaillín d'imigh an phian agus bhí
Fiachra ceart go leor arís.

Ba bhreá le Fiachra bheith ag dreapadh ar an gcrann
ard sa ghairdín cúil.

Amach leis tar éis an dinnéir agus suas leis go hard ar an gcrann.

'Fainic, a Fhiachra!' a ghlaoigh Síog, 'níl tú in ann eitilt!'

Ach bhí sí ró-mhall.

Chaill Fiachra bocht a ghreim agus thit sé.

Bhí an t-ádh dearg leis go raibh tolg gréine thíos faoi.

An Domhnach dar gcionn bhí an chlann go léir
ag dul chuig teach Mhamó.

Bhí dinnéar álainn réidh ag Mamó.

Isteach leis an gclann ag an ngeata.

Bhí lochán mór uisce ar an gcosán.

'Fainic, a Fhiachra!' a scairt gach duine le chéile.

Ach bhí siad ró-mhall.

Isteach le Fiachra sa lochán agus uisce á chur uaidh i ngach áit.

Ach ba chuma leis. Nach raibh a bhuataisí báistí air?

Phléasc gach duine amach ag gáire.

Ach cogar, céard a rinne Fiachra faireach sula ndeachaigh sé
isteach chuig a dhinnéar le Mamó? D'fhág sé a bhuataisí salacha
taobh amuigh den doras!